Lb 53 400

UN MOT

AUX

PAUVRES ET IGNORANTS

DE LA CAMPAGNE

SUR

LES ÉLECTIONS MUNICIPALES.

> Pauvres de la campagne,
> prenez garde à vous !

SAINT-GAUDENS

J.-M- TAJAN, IMPRIMEUR-LIBRAIRE.

1848

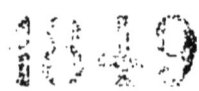

Il y a beaucoup de ces riches sur la terre, qui sont, en même temps, la providence visible des malheureux, et l'honneur et la gloire de l'humanité tout entière.

Les riches qui exploitent les pauvres sont ces riches au cœur dur et cruel, toujours fermé aux gémissements et aux douleurs de la misère, qui voient le pauvre souffrant sans daigner jeter sur lui un regard de miséricorde, ni lui adresser une parole d'espérance et de consolation ; qui croient que les pauvres sont d'une nature différente de la leur, faits exprès pour souffrir et végéter sur la terre. Avec quel dedain , avec quelle insolence ne traitent-ils pas les pauvres! avec quelle dureté et avec quel oubli de toute convenance ne se conduisent-ils pas à leur égard, surtout lorsqu'ils ont l'autorité en main, et qu'un pouvoir avili leur dit : *Votez pour nous, et faites, sans crainte, ce que vous voudrez dans votre commune.* Hélas! ainsi encouragés, combien d'injustices n'ont-ils pas commis sous le dernier gouvernement! combien de larmes n'ont-ils pas fait verser ces tyrans de petite espèce !

C'est contre ces riches inhumains

que je viens précautionner les pauvres et les ignorants de la campagne
par cet écrit. Tampis, et mille fois
tampis pour eux, si, après m'avoir
lu, ils se laissent encore tromper
par ces riches, leurs ennemis.

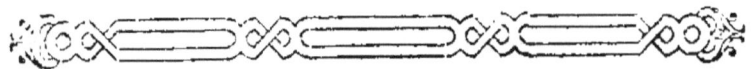

UN MOT

SUR

LES ÉLECTIONS MUNICIPALES.

Pauvres de la campagne, petits pro-
priétaires, journaliers de tout état, écoutez-
moi. Vous tous, qui avez souffert, qui
n'étiez rien jusqu'ici, sachez que l'heure
de votre délivrance a déjà sonné, et que
votre temps est enfin arrivé. Levez donc
vos têtes, et sachez être des hommes libres.

Jusqu'ici tout s'est fait sans vous et
souvent contre vous. Maintenant rien ne
doit se faire sans vous, par vous et pour

vous. La commune était administrée par un homme ordinairement vendu au pouvoir ; il s'environnait de quelque créature* sans langue, qu'il appellait son conseil. Vos plus chers intérêts étaient confiés à des mains avides, à des gens sans conscience qui trafiquaient des biens de la commune, et sacrifiaient souvent vos droits les plus sacrés à leurs intérêts propres.

Avec de tels hommes, la commune était honteusement délapidée, l'impartialité, l'injustice et le caprice présidaient à tout. Les lois les plus onéreuses, les contributions de toute espèce, les patentes, les chemins vicinaux pesaient de tout leur poids sur les pauvres. Leurs justes réclamations étaient toujours renvoyées au maire et répartiteurs, qui, d'accord dès le principe pour surtaxer les misérables, l'étaient aussi toujours pour trouver mal fondées les justes réclamations de leurs propres victimes. Un examen approfondi des rôles de certaines communes révélerait les plus grandes infamies. Peut-être la république, pour fermer les plaies faites sous le gouvernement déchu, ordonnera un jour ce travail nécessaire.

S'agissait-il d'un autre côté des biens de la commune? de la répartition des grâces et faveurs? Les riches avaient tout et les pauvres n'avaient rien ou presque rien. Demandez comment se faisait l'emploi des secours accordés aux communes et pour les pauvres? Demandez aux peuples des montagnes comment leurs maires faisaient tous les ans la répartition de la coupe affouagère si nécessaire dans ces climats? Ils vous répondront, dans l'un et l'autre cas, que tout se faisait dans l'intérêt des des riches et contre les pauvres, et ils ajouteront que malheur à celui qui osait se plaindre dans ce cas, il était aussitôt signalé aux gardes forestier et champêtre, exécuteurs forcés des hautes œuvres d'une

1.

mauvaise administration qui se chargeait
à compte et demi de rendre sage et docile
le pauvre qui osait se plaindre des injustices dont il était la triste victime.

Doutez-vous de ces tristes vérités? Allez
voir le greffe de la justice de paix de votre
canton et celui du tribunal de première
instance..... Là ne figurent nulle part ni
le maire ni ses parents et protégés; on n'y
voit que des pauvres et des gens qui trou-
vent que ce que le maire fait de mauvais
est mauvais. Direz-vous que ceux-là étaient
plus sages et plus réservés que les autres,
ou pour le moins plus fins et plus rusés ?
Le peuple vous répondra et vous dira, en
vous citant une foule d'exemples, que tout
était permis à ceux-là, et que tout était
défendu à ceux-ci.

Eh bien tout cela doit être fini, les choses
doivent entièrement changer de face. L'é-
galité, sous la république, ne doit pas être

un vain mot, il faut qu'elle paraisse par tout.

Pauvres de la campagne, journaliers, vous tous, qui avez été si souvent les victimes d'une mauvaise administration, qu'un pouvoir corrupteur vous imposait toujours malgré vous, souvenez-vous que vous êtes partout les plus nombreux, par conséquent partout les plus forts. Souvenez vous qu'il n'y a que des lâches et des esclaves sans grandeur qui puissent consentir de gaîté de cœur, à être les jouets et les victimes de ceux qui sont infiniment plus faibles qu'eux. Vous ne savez que trop comment ces riches inhumains vous ont gouverné pendant trop long-temps. Vous souvient-il de ces douceurs, de ces aménités dont ils usaient à votre égard ? *Je vous ferai F..... en prison..... Je vous ferai conduire en prison.... Vous me la payerez...* C'est en vous menaçant des gendarmes et de la prison, à tout propos, que ces pitoya-

Des maires vous avaient intimidés jusqu'à dégrader en vous la grandeur et les perfections de la nature humaine....

Éveillez-vous donc, prolétaires, réunissez-vous, concertez-vous et soyez unanimes pour arracher le pouvoir à ceux qui, dans votre village, en ont abusé contre vous et contre le bien public; imitez la France, dites à ces petits tyrans ce qu'elle a dit à son maître, *votre règne est passé.*

Voici les élections communales qui arrivent. Tous, avec l'âge et les qualités requises, vous aurez le droit et le devoir de nommer le maire et le conseil municipal, qui doit, en votre lieu et place, administrer la commune et veiller à vos intérêts les plus précieux.

Allez aux élections, perdez, s'il le faut, une, deux et trois journées, et ces journées perdues seront de bonnes journées. Chacune en vaudra dix si vous faites un bon choix. Nommez pour le conseil des hommes probres, honnêtes, calmes et sans caprices, rigides, observateurs des lois en toute chose, amis de l'ordre, ennemis des troubles, qui ne se disputent point dans les rues, qui ne soient pas nécessiteux, qui ne soient pas gouvernés par leur femme, qui veuillent avant tout le bien général et qui offrent des garanties d'une bonne et paternelle administration.

En arrière désormais les hommes vendus au gouvernement déchu, qui, par une administration sans pudeur, ont commis tant d'injustices et fait verser tant de larmes. Ces gens-là ne rougiront pas peut-être, pour conserver l'autorité, de se dire aujourd'hui des vrais républicains, amis de la liberté après avoir été des misérables despotes.

En arrière désormais ceux qui ont mal administré la commune par le passé et se sont toujours montrés les ennemis des pauvres. Ces gens-là seront toujours le malheur de la commune et de véritables calamités publiques.

En arrière désormais ces riches-*pauvres*, ces hommes criblés de dettes, qui frappent à toutes les portes, qui tendent la main à tout venant. Ces gens-là font de l'argent de tout, et commettent mille injustices pour satisfaire à leurs besoins de chaque jour et pour plaire à leurs créanciers.

En arrière désormais ces hommes sans conduite et sans mœurs, qui, scandales vivants et instituteurs du vice, ne rougissent plus qu'en faisant le bien, et qui fairaient en sorte, s'ils avaient le pouvoir, que vos femmes et vos filles imitassent leurs exemples corrupteurs.

En arrière désormais ces hommes qui ne savent pas commander chez eux et font fort mal leurs affaires. Ces gens-là commanderaient plus mal les autres et feraient encore plus mal les affaires de la commune et celles des autres.

En arrière désormais ces hommes de vin qui traitent au cabaret les affaires publiques, qui deviennent les jouets insensés et les aveugles instruments de ceux qui leur donnent à boire, et troublent ainsi l'ordre et la tranquilité publique lorsque le vin fermente dans leur tête. Ces gens-là sont pires que les bêtes, propres seulement à commander dans les orgies.

En arrière désormais ces brouillons, ces entêtés, qui, manquant d'esprit, de savoir et de considération, ont la manie de vouloir tout dominer. Ces gens-là sont les instruments pour le désordre de ceux qui les payent ou les flattent. Avec des hommes de ce caractère, toute une commune est quelquefois mise en désordre parce que, bêtes et orgueilleux, ils font et disent ce que les autres plus avisés n'oseraient ni faire ni dire.

Pauvres, ouvriers, voilà les hommes que vous devez mettre au rebut, et dont vous

devez vous méfier. Allez aux élections sans
crainte comme sans présomption. Si vous
avez dans la commune un homme riche
avec les qualités requises et sans aucun
des défauts que je viens de signaler, pourquoi ne nommeriez-vous pas cet honnête
homme et brave citoyen pour votre maire?
Pourquoi ne composeriez-vous pas le conseil municipal des riches de cette espèce?
La richesse est un titre à la récommanda-
tion publique, lorsqu'elle est bien em-
ployée. Si vous manquez de ces riches-là
alors composez tout votre conseil d'hommes
de votre classe, qui, ayant les qualités dont
je viens de vous parler, sont les seuls
dignes de votre confiance.

Si votre maire actuel est tel que je viens
de le dire; s'il a fait toujours respecter
l'ordre et la tranquilité avec les personnes
et les choses; s'il a été toujours juste et
humain envers tous; s'il a toujours voulu
et cherché de toutes ses forces le bien géné-

ral; s'il a été toujours et sans intérêts le défenseur des habitants, sur tout les pauvres ; s'il a été modéré et juste pour tous; s'il ne s'est jamais entendu avec le garde forestier et champêtre pour tirer vengeance de ses injures personnelles ; s'il n'a jamais fait avec eux des masses noires avec ou sans l'avis de son conseil; s'il exécute avec exactitude les délibérations écrites et légales de celui-ci sans lui imposer sa propre volonté en rien. Pauvres, ouvriers, allez aux élections et donnez à ce digne magistrat une preuve non suspecte de votre amour et de votre reconnaissance en le nommant de nouveau pour votre maire.

Mais si votre maire actuel du passé, au lieu d'avoir ces nobles qualités si nécessaires à un maire de la campagne, a un seul défaut qui leur soit contraire ; si votre conseil municipal a déjà donné des preuves d'incapacité pour gérer les affaires de la commune ou d'hostilité envers le bien gé-

néral ou particulier, allez aux élections,
et dites à ces gens-là par votre souffrage
unanime : *Vous êtes tous des hommes désor-*
mais inutiles pour nous ; assez et trop long-
temps vous avez exploité la chose publique.
Allez commander chez-vous. Mélez-vous désor-
mais de vos affaires. Avec la république, il
nous faut des hommes au conseil qui fassent
honneur à la commune, et que nous puissons
présenter sous toutes les faces à nos amis et à
nos ennemis. Allez, vous n'êtes pas de cette
étoffe-là.

Électeurs prolétaires, prenez garde à
vous ! Ceux qui ont le pouvoir et qui vous
disaient naguère qu'ils voulaient le dépo-
ser ; qu'ils en étaient fatigués et dégoutés ;
qu'ils étaient bien aises que d'autres en
prissent la charge, etc., vont tout faire
pour conserver l'autorité maintenant. Combien de promesses ! combien de menaces !
combien de ressorts vont être mis en mou-
vement pour vous tromper encore ! Soyez

sourds à tout, allez sans crainte, vous êtes
et vous serez toujours les maîtres. Ceux
qui vous faisaient trembler, ceux qui
faisaient parade de leurs protections, au-
ront désormais à faire à vous et avec vous.
Toutes leurs protections, sans la vôtre,
ne peuvent leur servir de rien, et ne leur
ouvriront jamais la porte de la commune
pour y entrer. Le vote universel que vous
avez conquis, et qui sera désormais le droit
de tous les Français, a fondé votre pouvoir
et a brisé vos chaînes. Les hommes peuvent
se remplacer au pouvoir, le pouvoir lui-
même pourrait changer de nom, que vos
droits ne changeraient pas de nature. La
république ne veut pas d'esclaves, la
France en veut encore moins. Sachez donc
être des hommes libres ; ayez-en tout le
courage et l'énergie ; soyez assez fermes
pour mépriser tous les moyens qu'on met-
tra en usage pour vous tromper ou vous
séduire.

Il y aura des maires qui, sentant toute leur faiblesse et voulant conserver le pouvoir, emploiront la fraude et la ruse. Ils voudront, par exemple, faire les élections chez-eux, dans leur maison, sous prétexte que la maison commune est trop petite, ou pour d'autres raisons. Prolétaires, c'est là un piège, n'y tombez pas. Exigez, vous en avez le droit, que les élections se fassent en plain vent, sous la voûte du ciel, sur la place publique. Là, la femme du maire et ses amis ne pourront point intimider les faibles en secret, ni séduire les timides. Là, il y aura toujours des témoins de tout. Là, le bureau, s'il était mal composé, ne pourra pas employer ces moyens si souvent employés pour diminuer les votes contraires et augmenter les favorables.

L'homme de bien ne cherche pas les emplois ni les intrigues pour commander ses frères. L'homme qui spécule sur l'emploi celui seul veut l'obtenir. Nommez le premier, méprisez les promesses et les menaces de l'autre. Que chacun vote selon sa conscience, après avoir calculé et bien réfléchi sur le bien et le mal qui peut être le résultat d'une bonne ou mauvaise élection locale, soit pour soi, soit pour les autres. Cette élection peut avoir un résultat immense dans un temps exceptionnel comme celui dans lequel nous vivons.

Il faut à tout prix à la tête de l'administration locale des hommes de paix, de prudence, d'ordre. Il faut que le conseil municipal soit composé d'hommes de la même nature. Que de malheurs si on fait un mauvais choix ! Quel bien, si, abjurant tout esprit de parti, si, écartant toute espèce d'influence, chaque localité choisit pour ses représentants des honnêtes gens, sans caprices comme sans animosités, voulant de toute leur âme le bien général, alors seulement on pourra jouir avec bonheur de la liberté, égalité et fraternité, biens précieux, sans lesquels l'homme vit en véritable esclave sur la terre, et pour cela prolétaires ! ouvrier ! prenez garde à vous.

Saint-Gaudens, imprimerie de J.-M. Tajan.

www.ingramcontent.com/pod-product-compliance
Lightning Source LLC
Chambersburg PA
CBHW061747180626
46818CB00006B/2794